다하지 않는 여유

유 성 철(劉 性 喆) 시조집

이서원

다하지 않는 여유

시인의 말

고향인 충남 예산(禮山)에 있는 추사고택(秋史古宅)을 둘러보다가 '유재(留齋)'라는 현관 글씨를 보게 되었습니다. 알 수 없는 두 글자에 혼이 빠진 듯 오랫동안 그 뜻을 궁금해하며 그렇게 시간이 흘렀습니다. 그리고 이후 '유재(留齋)'가 추사(秋史) 선생님께서 제자 남병길에게 준 당호이며, 선생님의 뜻풀이가 있다는 것을 알게 되었습니다.

기교를 다하지 않고 남겨 자연에 돌아가게 하고, (留不盡之巧 以還造化)
녹봉을 다하지 않고 남겨 나라에 돌아가게 하고, (留不盡之祿 以還朝廷)
재물을 다하지 않고 남겨 백성에 돌아가게 하고, (留不盡之財 以還百姓)
내 복을 다하지 않고 남겨 자손에 돌아가게 한다. (留不盡之福 以還子孫)

'남김으로써 두루두루 돌아가게 하는 것', 가슴 깊이 파고들었습니다.

이후 「채근담」에서 비슷한 문구를 다시 읽을 수 있었습니다.

'일마다 약간의 여유를 두어 다하지 않는 뜻을 둔다면, 조물주도 나를 꺼리지 못하고 귀신도 해치지 못할 것이다. 만약 모든 일에서 가득하길 구하고, 공이 반드시 가득 차길 바란다면, 안으로부터 변고가 생기지 않더라도 틀림없이 바깥에서 근심을 부르게 된다.(事事 留個有餘不盡的意思, 便造物不能忌我, 鬼神不能損我. 若業必求滿, 功必求盈者, 不 生內變, 必召外憂)'(채근담 20)

인생 반백(半百)을 넘어 '다하지 못한 마음'으로 도시를 떠나 언덕고을(原州) 물막이골(文幕)의 자연에 귀의한 지도 꽤 되었습니다. 때늦게 글길을 나서 부끄러움을 무릅쓰고 또 한 편의 책을 내놓습니다.

너무 많아 일일이 언급할 수 없는 (사)한국시조협회 분들께 먼저 감사를 드립니다. 매번 귀찮은 제자(題字) 요청에도 흔쾌히 응해주는 사농 전기중님, 동료 작가로서 항상 제게 응원을 아끼지 않는 '이서원' 고봉석 사장님께도 감사드립니다. 그리고 항상 나로 하여금 바른 인생길을 가도록 이끌어 주는 착한 우리 가족들에게도 감사하지 않을 수 없습니다.

욕심을 부리지 말라고 원주문화재단의 지원까지 받았습니다. 이제 '다하지 않는 여유'로 부족한 줄 알면서 또 한번의 용기를 냅니다.

원주 문막에서

유 성 철

차례

제2부

자연은 항상 팔 벌리고 있다

제4부

정(情), 끊을 수 없는 연(緣)이여

제5부

내일이 항상 오는 것은 아니다

제1부

다하지 않는 여유

새벽녘 한 글귀

새벽녘 문득 깨어
외로움에 시를 쓴다

차디찬 산안개가 가슴으로 밀려들고

자욱이 스미어드는
어렴풋한 시마 편(詩魔 片)

가나 있으나

봄비에 밭일하고
여름비에 잠을 자고

가을비 떡메 치고
겨울비에 잔 걸치자

가랑비 가거라하고
이슬비는 있으라네

엄마의 흙

자욱한 종일 안개
세상을 감춰둬도

휭하니 돌개바람
나무 밑 스쳐 돌면

숨었던 엄마 치마 속
땅 비린내 훑어 난다

희망의 씨앗

캄캄한 고독 속에
또 하루가 스러지고

빗물 든 흙 속 잠겨
불어 터진 상처 사이

짓무른 시간을 넘어
생명의 꿈 서린다

비 내리는 아침의 봄 치레

밤사이 비 그치고 새소리에 잠 깬 아침
참나리 하늘 벌려 잎 쌓아 탑 세우고
벚 가지 싱그러움에 개나리도 꽃 떨군다

하늘도 모자란 듯 흰 목련 밤새 켜고
바람에 잎 날리며 새색시 치마 펼쳐
빗물에 불어 터진 마당을 가득하게 수 놓는다

잠 덜 깬 두꺼비는 지난밤 갈빛이나
제철 푸른 참개구리 풀 앉아 봄 치레니
또 한 해 희망을 세워 묵은 연장 내놓는다

안개 낀 아침

가을이 이삿짐 싼
나락 비운 들판 위로

거미줄 물 엉기며
밥솥 김이 서리우면

희미한 산등성 아래
어린 시절 고프다

진정한 하루

밤새껏 내린 봄비 이팝나무 쌀 매달고
층층나무 차곡차곡 흰밥이 올려질 때
배고픔 해결되기만 간절하게 바랐다

주변의 온갖 것들 허투루 있지 않아
바라본 시선 따라 사물도 흘러가서
보려고 노력해야만 우러나와 절실했다

한 송이 봄 풀꽃도 붉은 열매 위해서라
고된 삶 지탱해 준 가족들 힘을 믿어
스치는 모진 바람에도 순간순간 벼리었다

세상의 기준에서 가까스로 돌이켜 서
남의 눈을 벗어나 내 눈으로 바라보면
행복이 뭐 별것이라고, 진정한 나 마주한다

새참의 행복

늦은 봄 늙은 나무 우듬지 끝에 서서
두 마리 소쩍새가 아침 빈속 긁어내고
밭 갈던 흰 머리 부부 나무 그늘 새참이네

사는 게 똑같아서 떨궈진 새로운 날
움직여 살아가나 살아서 움직이나
먹는 게 행복이란 듯 솥 작다고 지저귀네

잡초와의 전쟁

시골 봄 느릿하여 여유로이 맞으래도
밭 깔린 잡초 보면 심기 가득 불편해져
잠자던 호미를 깨워 김매기에 나선다

잡초들 같이 살자 부여잡은 손을 치자
쓰러진 상흔만이 온밭 가득 낭자해져
싫다고 떠나온 곳과 별반 차이 없어라

고구마 꽃피겠다

봄부터 심은 줄기 걸머지고 나아가나
쌀 너무 아끼려다 바구미만 농사 진 듯
기나긴 장맛비 속에 이파리만 키웠네

알지도 못하면서 대충대충 느낌대로
재주를 부려보나 제 재주에 넘어간 듯
마무리 어찌 될지는 하늘 뜻에 맡기네

개구리의 초상

며칠 전 낮 들고서 때늦게 벤 풀 속에
개구리 하늘 보고 벌러덩 누워있네
설익은 농사꾼 횡포로 한 생명만 끝났네

남 고통 남이 몰라 외로움도 심했으리
이유도 알 수 없어 슬피도 울었으리
뜻밖에 깊은 상처는 피도 내지 못했으리

귀촌의 자족(自足)

농사일 해 갈수록
할 일들만 더 보이나

즐겁게 할 만큼만
그럭저럭 꾸려가면

욕심도 숙어 들어가
넉넉하고 편하다

어린 노을 바라보며

하늘이 푸르러서 숨 한번 들이켜도
어젯밤 탁배기술 해장도 거뜬할 듯
한동안 한숨 잠기며 어린 시절 들추네

가난은 상처여도 사랑은 넘쳐댔지
모든 게 가능했고 가능으로 만들었지
목마름 젊음을 태워 한여름을 마셨지

세상은 낡아가고 저물어 흐릿해도
더더욱 또렷해진 술 한잔의 사람들로
노을은 붉게 일렁이며 어린 눈물 걸치네

달팽이나 나나

이생을 살겠다고
평생의 업 짊어지고

어둠이 짙어진 밤
배춧잎에 구멍 숭숭

널 잡아 겨울나자고
허리 숙여 들척인다

문드러진 배추를 보고

장다리 푸른 꿈을
품었던 날 언제던가

찬 바람 숨을 몰아
백발 머리 들썩인다

버려진 연탄재마냥
식어버린 농부 꿈

늦가을 시골 서정

계절도 철이 들어
낡은 잎새 내어주고

속이 빈 벼쭉정이
비틀대다 꺾여지자

들녘엔 미동도 끊겨
고로(故老)*마저 숨는다

* 경험이 많고 마을 일을 잘 알고 있는 노인

밥상

목마른 비를 떨궈 땅을 적신 숟가락과
흐르는 땀방울로 고스러진* 젓가락이
눈물로 햇살을 건너
생명 마당 차렸다

*꽃, 벼 따위가 고부라져 앙상하게 되다

같이 취한 밤

깊은 밤 어둠 속을
흐리멍덩 바라본다

우리다, 너는 없다
우리뿐, 나도 없다

한 잔 술
풍류에 날려
잊히거나 잊거나

대설(大雪)

무늬만 대설인가, 눈(雪) 코빼기 뵈질 않고
이르게 서둔 해로 찬 이불에 한(恨) 서리면
화롯불 둘러앉아서 놀던 때로 돌아간다

고구마, 주운 밤을 입술 검게 구워 먹고
한밤에 내린 눈을 굴려 대고 던져 대면
풍년은 떼놓은 당상 갈보리도 춤췄다

매듭 풀린 자유

깨벗은 알몸으로 한세상 구르다가
떨궈진 흙 속으로 발가벗고 돌아가니
사라진 생명 오라기
연(緣)을 떨군 자유다

제2부

자연은 항상 팔 벌리고 있다

초승달

다저녁 스쳐 가면
초승달이 옷을 벗어

어둠에 가리어진
앞가슴을 살짝 내자

눈앞에 비친 앙가슴
그녀 같아 설레라

봄맞이 꽃구름

길섶 핀 봄맞이꽃
풀 내음 얼그리해

분홍빛 아지랑이
대낮부터 피워내고

저물녘 꽃구름 되어
뜨락 넘어 기웃댄다

버선 걸음

갯버들 출렁대자 연녹음 흩어지고
흐르는 냇물 따라 봄내음 녹아들면
도토리 싹을 내밀며 참나무를 꿈꾸네

냇가엔 낙엽 둥둥 아랫마을 향해가고
봄 빛깔 단순해서 개울 따라 선명한 게
더 이상 갖출 것 없는 버선 걸음 여인이네

하룻밤 새

한밤중 별무리가 밤하늘을 내려와서
풀 내음 앞마당에 다소곳이 자리 펴자
느긋이 온기 다가서 봄 들머리 들춘다

지난밤 자리 잡던 별빛 아직 안 가셨나
무수한 봉오리들 낮별로 반짝이자
하루 새 화창한 뜰에 새 아침이 낯설다

꽃 세상에 잠겨

구절초 나풀나풀
바람에 피어나고

아가씨 사뿐사뿐
구름 걷듯 다가서자

나비가 꽃 세상에 잠겨
날아갈 줄 모르네

행복한 미소

무성한 풀 한 켠에 빼꼼 내민 꽃봉오리
눈가의 땀방울을 솔바람이 어루만져
흔드는 고갯짓 따라 해바라기 방긋댄다

따가운 햇볕 속에 소나기 후두두둑
나무 위 비거스렁 뻐꾹 소리 잦아들자
잠이 든 젖무덤 사이 아기 미소 하얗다

봄비

절망 속 꽃 피우는
어머니 눈물 길어

하늘샘 봄비 되어
나무 잠에 뿌려주자

새살로 깊이 잠기어
봉오리가 오른다

돌엔 이끼만 끼고

돌 섶에 파란 이끼 냇물 따라 흘러내려
깎인 돌 막아 세운 소용돌이 돌고 돌다
구름도 가라앉히며 같이 살자 했구나

온 달빛 으슴푸레 아른대는 시간 속에
하늘도 가라앉는 파란(波瀾) 물을 돌고 돌다
바닥을 채워 안으며 돌이끼만 쌓누나

나 있거나 말거나

해질녘 꽃구름은 시간 넘어 흘러가고
빈 어둠 달과 별빛 너나들이 속삭이나
세상은 청맹과니로 나 있거나 말거나

새벽녘 동살머리 눈부시게 떠오르고
온새미로 깊은 산 속 환해진 진갈맷빛
처마 밑 밤새운 물고기 뜬눈으로 붉었다

하루 희망의 교대

어두운 잔가지 끝 걸터앉은 불덩어리
발걸음 흔들리며 소슬하게 스쳐 가자
흐릿한 보름 달빛에 눈동자가 아리다

어둠 먹은 해그림자 발그스레 기운 채워
밤새껏 내려앉은 하얀 서리 까밝히자
햇살로 넘치는 보석에 새 아침이 부시다

매미 찬가

한여름 매미 소리
시끄럽다 말 말아라

생각해 보았는가,
매미 없는 한여름을

적막만 집어삼키는
그 뜨거운 날들을

마음 전하려

기우듬 가을 저녁
지는 해 붉게 익어

새빨간 여의주를
강물 위에 띄워 놓고

마지막 마음 전하려
그대 눈길 휘잡는다

가을 꽃물 들이기

둥둥둥 달이 뜨는 초저녁 가을 아래
당단풍 손을 들어 노을에 물들인다
어느새 꽃물 들었나,
붉은빛이 연연(娟娟)하다

별들도 반짝이며 샛노란 글을 쓰고
고로쇠 앞마당에 정성껏 베껴 쓴다
밤사이 철이 들었나,
물든 얼굴 젊잖다

꽃 떨구다

꽃들도 가슴 속에
말 못할 사연 있어

저마다 피치 못할
아픔 하나 묻어두고

달 비낀 가뭇한 밤에
꽃잎 떨궈 지누나

가을꽃

후두두 마파람에
노을치마 펄럭일 때

가을꽃 낙엽 피어
봄꽃보다 붉디붉다

가는 길 끝자락으로
추억 한 잎 살 깊다

마른 잎 떨구며

한여름 식혀가며
싸늘히 마른 잎들

열정에 몸달았다
떨구는 데인 상처

한해를 아퀴 지으며
빈 가슴만 때리네

가을 마무리

찬 가을 뉘엿뉘엿 가벼움만 더해가도
갈라진 가지들은 어차피 한 뿌리지
겨우내 내려앉는 밑동 열매 하나 위해서지

떨굴 잎 피려 말고 꽃 세우려 무리 말자
시들한 꽃 버려야 열매를 볼 수 있어
든 시간 마음 비우며 차분하게 퇴색하자

집착을 버려야만 새 시작이 있으리니
초록빛 푸른 젊음 빠르게 흘러간 건
새봄에 다시 꽃피울 희망찬 꿈 때문이리

풍경(風磬)

눈 덮인 산자락에 길 끊긴 산사(山寺) 하나
대웅전 처마 구석 하늘 내린 낚시줄에
물고기 바동거리며 바람 손길 애탄다

함박눈 지쳐선가 골바람도 침묵하고
목숨 끝 대롱대롱 눈 부릅떠 커져 가면
소복이 얹힌 눈발도 힘에 겨워 아슬하다

동살에 해 머금은 계곡물이 미끄러져
찬 바람 한 줄기에 정신이 번뜩 깨자
온몸을 힘껏 흔들어 뿜어내는 절규(絶叫)

맑은 못 첫얼음이 쨍하고 깨지는 듯
청아한 구원(救援)소리 온 산에 가득하다
어느새 득도하였나, 구름까지 탔구나

달밭 장마

긴 장마 큰물 내려
앞 도랑 넘쳐 흘러

빼곡 선 달뿌리풀
한 물에 쓰러져선

'나 없인 달이 서운해'
숨긴 바위 내놓네

군불 때기

톡 잘린 불쏘시개
의욕 훨훨 타오르나

맨 연기 잠깐에도
엷은 속 다 타들어

비틀린 흔적도 없이
허물어진 앙상한 뼈

붙은 듯 안 붙은 듯
통장작 느긋해도

깊은 속 한구석에
불덩이 움켜 안고

서서히 타오르고 마는
느지막한 굵은 열정

제3부

길에게 묻는다, 어디로 가냐고

산길은 사연이다

떨구는 낙엽 따라 온갖 상념 잠겨 들면
한갓진 곳을 찾아 깊은 길로 들어서며
차분히 마음 잡으려 허전한 발 딛었으리

수백 번 오르내릴 숱한 사연 남이 알까
무성한 가지 피해 좁은 길로 숨어들며
매었던 가슴을 열어 맘 단단히 다졌으리

산안개

가을 산
바람나서
발그레 얼굴 붉다

물오른
처녀 산통에
초목이 옷을 벗자

산안개
펼쳐 두르며
황급하게 가린다

치악산 관음사에서

거대한* 백팔염주 마음 가득 걸치고서
한 바퀴 업(業)을 털고
두 바퀴 원(願)을 빌고

한 번 더 돌자고 하니
욕심 끝이
덧없다

*염주 1알이 45kg이나 된다.

치악산 비로봉길

따스한 햇볕 아래 눈길도 녹아들자
치악산 짐을 벗어 홀가분해 시원한데
샷되어 무거워진 몸만 오르려니 힘겹다

쥐너미* 내려오며 밟히는 뽀득 눈에
사푼히 떼는 걸음 헝그레 차분한 건
비로봉 탑을 쌓은 정성이 온 산길에 전해서리

*원주 치악산 고개 이름으로 쥐떼가 넘어간 고개라 하여 쥐너미재라고 한다.
옛날 범골에 범사(凡寺)라는 절이 있었는데 쥐가 너무 많아 스님들이 쥐 등쌀을
견디지 못하고 절을 떠났고, 그 많은 쥐도 꼬리에 꼬리를 물고 절을 떠났는데
그 후로는 이 절을 찾는 사람이 없어져 절은 폐사되었다고 한다.

치악산의 봄꽃산행

야생의 봄꽃 보러 치악산 올라가니
구룡사 솔빛 산속 새 돌담이 생소하고
산길은 잔설만 깔려 봄 재촉을 샘낸다

나무숲 갈라치며 호기로 나아가나
궂은 비 오락가락 하산을 재촉해서
기대 속 봄꽃산행은 늦겨울만 주워 왔네

치악산둘레길을 돌며

1. 꽃밭머리길에서

(1)
안개는 치마 펼쳐 꽃밭머리 덮어대자
고마리는 숨이 가빠 꽃 세워 고개 들고
물봉선 목 축인다고 붕어 입을 뻐끔댄다

(2)
걷는 건 다 고행인가, 오르막길 숨을 막아
손잡고 올라가는 두 늦깎이 연인처럼
산 매미 마지막 울음도 시간 쫓겨 애닯다

2. 구룡길을 오르며

(1)
올라도 또 오르막 구룡교만 또 나오고*
인적이 숲에 갇혀 새소리만 사는 새재
칡꽃이 숨 고르라고 가는 길을 막아선다

(2)
파아란 하늘 아래 계곡물도 옥소린데
발걸음 무거운 건 집착 많은 몸뚱이 탓
구룡물 첨벙 담그면 씻어낼 수 있을까

*구룡교만 10개다.

3. 수레너미길에서

(1)

이름 없는 동굴이란 이름 가진 동굴 있어

행복의 꿈을 찾은 소년 소녀 노랫가락

동굴 밖 흘러나와선 사~랑 사~랑 산 흔든다

(2)

빗방울 떨어지자 새 날갯짓 빨라지고

안개 넌 산길 따라 임금* 발도 급해져서

길고 긴 수레너미재를 고절(孤節)* 찾아 넘는다

* 운곡 원천석은 일찍이 이방원(추후 태종)을 왕자 시절에 가르친 적이 있어, 이 방원이 왕으로 즉위하여 기용하려고 자주 불렀으나 응하지 않았다. 태종이 원천석의 집을 찾아갈 때 이 재를 넘어갔다.

4. 노구소길에서

(1)
고절한 선비*위해 한 번 한 거짓말로
노파는 노구소에 몸을 풍덩 던졌는데
거짓말 입 달고 사는 백로 언제 까매질까

(2)
말치에 다다르면 세 갈래 길이 있다
마을로 가는 길과 재를 넘어 지나는 길
길이란 마을을 잇는 것, 거침없이 발디딘다

* 운곡 원천석. 태종 원년 신사년(1401년) 태종의 옛 스승이던 운곡이 변암에
은둔해 있던 중 태종이 찾아올 것이라는 사실을 알고 동네 노파에게 자신의 은
둔지를 다르게 알려 줄 것을 당부하고 은신해 버렸다. 노파는 운곡의 당부대로
태종에게 거처를 다르게 알려 주었고, 훗날 임금에게 거짓을 고하였다는 사실
을 알게 된 노파는 죄책감으로 노소구에 투신하여 죽음으로써 임금에게 사죄하
고자 하였다.(노구사 해설에서)

5. 서마니강변길로

(1)
허구한 날 비가 와도 물에도 향기 있어
수염 단 옥수수는 이슬 먹어 붉어지고
누런 벼 고개 내밀어 한가위 달 기다린다

(2)
마을과 마을 잇는 길이란 소통이다
산굽이 개울 따라 바다 향한 마음 실어
하루에 하루를 쌓아 이루어진 정이다

6. 매봉산자락길에서

(1)
황둔천 빗겨 서서 썩어가는 그루터기
쌓았던 나이테를 하나하나 벗어가도
길가에 두 오동나무는 꼭 껴안고 서 있다

(2)
나 홀로 나무 하나 매미 앉아 울고 있다
이 깊은 매봉까지 짝 찾아 오시려나
우렁찬 울부짖음에 감악산도 같이 운다

7. 싸리치옛길에서

(1)
바람은 더위 벗어 한여름을 떠나가고
참나무 위 거위벌레 꾁실 떨궈 가을인데
매미는 시간 더 달라고 구슬프게 울어댄다

(2)
싸릿재 폭포수에 발을 담가 쉬려다가
웃통을 벗어 재껴 여름 멱을 감으려니
싸리꽃 붉은 얼굴로 부끄러워 돌리네

8. 거북바우길에서

(1)
빽빽한 잣나무길 아홉 마리 학이 날자
졸다 깬 청설모가 엉겁결에 비명 질러
구학산 깊이 잠자던 거북바우 눈 비빈다

(2)
숲길은 산의 마음 들어가는 통로이니
깊은 골 나아가며 산의 생각 들어 본다
잣나무 우뚝 서서는 고개 들라 말한다

9. 자작나무길에서

(1)
떼 지은 뭉게구름 푸른 하늘 덮어대자
하이얀 자작나무 초록 손을 휘저으며
맑은 해 내놓으라고 바람 휙휙 불어댄다

(2)
바람만 살아가는 바람골에 다다르면
잎새로 드나드는 샛바람이 마음 들어
상쾌한 기분 하나로 산과 내가 하나 된다

10. 아흔아홉골길을 걸으며

(1)

아흔아홉 고갯길에 푸른 잎만 하늘 가득
참나무 꿈을 꾸며 도토리가 나뒹굴어
혀 빼고 아흔아홉 곰이 하늘 찾아 오른다*

(2)

가까이 바라볼 땐 그리 크던 나무들도
먼 산을 바라보니 티끌처럼 사소하다
세상에 크다는 것도 멀리 보면 그러리

* 곰 99마리가 99개의 계곡을 올랐다는 전설이 있다

11. 한가터길에서

(1)

책 엎은 박공지붕 반곡역엔 손님 없고
치욕과 전쟁 실은 열차소리 끊어져도
환생꽃 연이와 버들도령 사랑 얘기 가득하다*

(2)

소나기 쏟아지면 산이 슬퍼 울까 마는
안개가 온산 가득 노을마저 흔들리고
옷섶을 여미는 저녁 지난 길이 더 섧다

* 마음씨 착한 연이가 마음씨 나쁜 계모의 명을 받아 동시 섣달에 나물을 찾다가 초목이 만발한 동굴의 버들도령 도움으로 해결하였으나, 이를 의심한 계모에 의해 버들도령이 죽임을 당하였다. 그러나 연이가 환생꽃으로 버들도령을 살려 혼인하여 행복하게 살았다는 설화가 있다.

오리발

- 원주 백운산(白雲山)에서

백운산 하얀 구름
산에 내려 흰 눈 가득

바람이 살짝 불자
겨울나무 철도 없어

눈 위로 열매 던지곤
시치미를 뚝 뗀다

개구리의 하루
- 치악산 작은가디골에서

푸나무가 칠칠해서
창창해진 옹달 둠벙

자작길 삔* 물속은
개구리가 첨벙 놀고

호수는 하늘을 담아
잠자리를 낚는다

* 괸 물이 빠지거나 잦아져서 줄다

치악산 한가터 잣나무숲에서

갈맷빛 잣나무숲 하느작이 들어서면
고동치는 산 혈관에 여울 소리 창창해져
노루가 밟고 간 자리
여운마저 사라진다

비탈 선 도라지꽃 보랏빛이 선명하고
산여뀌 푸릇푸릇 물봉선도 주렁주렁
잣나무 산들대는 곳
파란 꿈이 가득하다

한복 입은 성모상

- 원주 홍업 대안리 공소에서

(1)
성모님 한복 입고 어린애를 안고 있다
보듬은 옷소매에 손길 가득 사랑 품어
해맑게 웃는 성자는 어둠 세계 모른다

(2)
쪽머리 긴 비녀에 흰 저고리 단정하고
새하얀 긴 치마로 늘어트린 옷고름이
어머니 영락없어서 성모님도 낯익다

치악산 겨울나무 앞에서

얼마나 많은 탈을 바꿔 쓰고 살았는지
탈 뒤에 몰래 숨어 비겁하지 않았는지
거북해 맞지 않은 탈을 알면서도 오래 썼다

실제로 벗어 보려 애라도 써본 걸까
왜 그리 일찍 벗어 던져내지 못했을까
당당히 발가벗고 선 겨울나무 부럽구나

문막 반계리 은행나무

스치는 가을 허공 한 줄기 바람 불면
온 세상 날아올라 나비 떼가 춤을 추고
가을빛 나무 선 자리 노랑 물결 가득하다

한 옛날 어떤 스님 목축이고 기운 찾아
놓고 간 지팡이가 세월 익혀 자라나서
커다란 흰 뱀 하나가 터 잡은 곳 신성하다

동햇살 이랑 지며 찬란하게 부서지고
800년 할배 고목 긴 외로움 서러워도
내년엔 풍년 들겠다, 노란 물이 고와서

섬강에 기대어 서서

섬강을 물들이던 붉은 노을 어스름해
물결에 흔들리던 갈대 춤도 짙어지니
나그네 가을 아쉬워 그림자만 길구나

지는 해 새로 떠도 지금 해 아니듯이
강 따라 흐르는 물 옛물은 없으리니
내일이 오늘 아니듯 나도 흘러 없으리

섬강의 저물녘

물결에 풀린 몸매
어룽어룽 다가와선

별빛에 실린 속내
반짝반짝 털어대면

남몰래 뛰는 가슴에
해거름만 붉어라

원주 법천사지의 영혼

널따란 빈 절터엔 흙바람만 소슬한데
빈 줄기 비비 꼬아 용트림한 느티나무
이 풍진 세월 지키며 홀로 남아 서 있네

이리저리 흩어진 돌 옛 시절을 보여주나
슬픈 탑 아름다워 영혼 여태 못 만나니
고귀함 우러른 정성 해될 줄은 몰랐네

서원교 물가에서 고기 잡던 학 한 마리
빈 절터 빙글빙글 뿌연 하늘 서성이니
옛 영화 찾아올 영혼 돌아올 날 기다리나

---

* 제강점기부터 110년이나 타향살이를 해온 지광국사탑은 올해 말 고향인 원주
법천사터로 돌아올 예정이었습니다. 그런데 이 지광국사탑의 귀향이 3년 정도
더 미뤄졌다고 합니다. 지광국사 탑의 귀향이 미뤄지게 된 건 바로 탑 옆에 있는
이 탑비 때문입니다. 문화재청이 이 탑비도 보수한 뒤 탑과 탑비를 함께 원주로
옮기기로 한 겁니다. 탑이 있던 자리 옆에는 고려시대 국사 해린의 업적을 새긴
지광국사현묘탑비가 있는데 이 역시도 국보 제59호입니다. 탑비 역시 곳곳이 훼
손돼, 문화재청이 보존처리를 결정했습니다. 내년 3월부터 해체 작업을 시작해
국립문화재연구소에 옮긴 뒤, 2023년까지 보존처리를 완료하겠다는 계획입니
다. 관련 행정 절차 등까지 고려했을 때 탑과 탑비가 완전히 돌아오기까지는 3년
정도 걸릴 것으로 전망됩니다.
(귀향 미뤄진 국보 지광국사탑 "언제 돌아오나"
출처: YTN 2021. 4. 11 / 네이버뉴스 http://naver.me/xlWIuuPa)

강물의 세월

한겨울 태백 정상 주목 감싼 찬 기운이
뿌리 끝 스며들어 상고대 눈물 되니
여울목 얼음 속으로 풍운 담아 졸졸댄다

어느덧 냇가 이뤄 섬강 계곡 휘어잡고
푸른 날 꽃비 내린 복사꽃 언덕 지나
연꽃 핀 두물머리서 벗을 만나 재잘댄다

폐기물 쏟아지고 시궁창 섞여가니
느려진 세월 지쳐 더 이상은 가지 못해
아낙네 빨래터 시절 산 아래가 부럽다

피 멍든 바닷가에 흐름 잃고 막다르니
흙탕만 구르다가 한세월을 보냈구나
그렇게 마구 구르다 무심하게 가누나

황즉불 (皇卽佛)*

– 원주 봉산동 석조보살입상*에서

네모난 큰 얼굴에 지그시 눈을 감고

작은 코 깨어져도 입가엔 미소 가득

원주천 바람 거세도 통천관(通天冠)**은 우뚝하다

* 강원도 유형문화재 67호. 네모난 얼굴, 자연스럽지 못한 하반신의 옷주름 등은
고려 전기 강원도 지역에서 만들어진 불상에서 흔히 볼 수 있으며, 불상 주변에
서 고려시대 기와가 발견되고 있어 이곳에 사찰이 있었음을 알 수 있다. 원주 천
왕사지에서 발견되었다고 전해진다.(해설에서)
** 황제가 쓰던 매미 날개 모양의 관으로, 고려 광종이 스스로 황제라 칭했던
시기의 안성 매산리 석조보살입상부터 보살상이 황제가 착용한 면류관형 보개
를 쓰기 시작한다. 이러한 불상은 우리나라뿐만 아니라 중국, 일본에서도 찾아
보기 어렵다.

관찰사 이민구(李敏求)를 이어*
– 원주 추월대(秋月臺)에서 동월(冬月)을 읊다

성긋한 둥지를 인 마른 나무 꼭대기로
가냘픈 그대 미소 어둠 밀며 다가서면
빈 골목 을씨년스러워도 달동네가 다정하다

* 관찰사 이민구 '등추월대(登秋月臺)' 마지막 두 구절은 이렇다.

부지천재하(不知千載下)   알지 못하겠다, 천 년 뒤에
하인계아래(何人繼我來)   누가 나를 이어서 올는지.

원주 간현 두몽폭포

두 단 소 두몽폭포
떨군 소리 산 휘감자

수목들 깜짝 놀라
고개 한쪽 돌쳐 내고

바위는 멍든 얼굴로
삐죽빼죽 심술이다

쓰러진 통나무의 각오

멈추리, 이젠 그만
하늘 향한 걸음걸이

겸손하리, 이제부터
땅 기대어 우러르리

푸르른 이끼들에게
내 삶 떨궈 하늘 주리

제4부

정(情), 끊을 수 없는 연(緣)이여

사랑의 조건

기쁠 때나 슬플 때나
같은 곳을 바라본다

비가 오나 눈이 오나
같은 길을 걸어간다

속 깊이 들어앉아서
나보다 더 나를 안다

아직도 멀었나

새벽녘 첫 이슬이
별빛 따라 반짝이고

섬강가 물비늘이
은빛으로 반짝여도

멀었나, 가슴 속 사랑
반짝일 줄 모르네

벙어리 사랑

사랑해 말하려니
말하지 말라 하네

사랑을 보내려니
쓰지는 말라 하네

사랑은 그저 그렇게
속으로만 하라네

창살 연정(戀情)

깜깜해 무심한 날
어둠살 뚝 떼어와

문풍지 가슴 결에
난(蘭) 잎새 날리우면

붓자루 연정(戀情)을 토해
꽃봉오리 벙그네

나비 되어

고요한 밤하늘에
어서 내 별 반짝여서

이슬로 내려앉아
복사꽃이 새 물 잣어*

꽃 물든 그대 가슴에
나비 되어 들어라

* 빨아올리다

어쩌란 말이냐

그대여, 거기 있어 내 어쩌란 말이냐
그대여, 난 도대체 어쩌란 말이냐
내 마음 다 갖고 가선 뭘 어쩌란 말이냐

첫사랑

뜨겁게 타는 가슴 전할 길 찾지 못해
온밤을 지새우며 마음만 왔다 갔다
새벽에 흩어져 버린
부질없는 첫 이슬

별을 푸다

보드레 님 향한 길
보름달이 환하게 떠

달우물 물동이 대
그대 별을 푸려 하자

솜구름 달그림자가
살짝 별빛 가리네

가슴앓이

서툰 눈이 그대를 봐 번갯불을 튀기고서
빈 벌판 살뜰이도 연모의 싹 키워서는
가엽게 헛불만 토해 풀빛 낯이 파리하다

아련한 그대 얼굴 가슴 깊이 들어앉아
찬 바람 쳐대어도 타는 불 못 식히고
달 보며 떨군 눈물이 서리 되어 쌓인다

임 오시는가

눈망울을 반짝이며 서로에게 속삭이듯
푸른 별 아득하게 허공 속에 채워 들면
살포시 부푼 마음만
기웃기웃 동튼다

산벚나무 밤새도록 새하얀 꽃비 내려
임 내음 지치도록 산중에 흩날리면
해뜰참 아직 까마득
임은 언제 오시려나

고추잠자리

사랑에 눈이 멀어
고추 먹고 맴맴 돌다

긴 꼬리 물에 적셔
목에 겨운 정을 털곤

장대 위
그리움 달아
가을 끝을 태우네

모닥불 쬐어

무심히 다가섰다 불구덩이 파고들어
벌겋게 옮겨붙은 들뜬 심장 식힌다고
한겨울 시린 달빛에 쌀쌀한 님 들춰본다

오늘도 타오르는 여린 살 속 불기운은
한밤중 휘몰아친 바람에도 식지 않아
눈 덮인 사색(四塞)한 산도 아침이면 다 녹이리

정(情)이란

너한테 고마워서
너한테 미안해서

너무나 사랑해서
타는 속 힘들어서

매일 밤 그대를 향해
길을 트던
사잣(使者)밥

어머니의 발

어머니 드러누운
작은 발을 닦을 때면

앙상한 까만 발등
쭈글쭈글 발바닥에

굳은살
인생길 숨어
마른 울음 삼킨다

조강 백 년(糟糠 百 年)

용수 안 맑은 술을 그냥 뜨면 청주(淸酒)이고
삭아 든 술지게미 같이 뜨면 탁주(濁酒)라지
동동동 밥 떠올라서 동동주라 한다네

청주, 탁주 걷어내고 술찌게미 채로 걸러
적당히 물을 섞어 술 도수를 낮춰주면
막 걸러 탁한 빛깔에 막걸리라 부르네

조(糟)는 지게미요, 강(糠)은 겨라 해서
대 채반 술 거르던 험한 시절 함께 했네
그대는 조강지처라, 백 년 같이 해로하세

그대 먼저

보릿동* 애옥살이** 애면글면 넘어서며
이생에 맺은 정이 하세월로 곰삭으니
어제를 깊이 우려내 그대 먼저 따르네

* 햇보리가 날 때까지의 보릿고개 넘기는 동안
** 가난에 쪼들려서 애써 가며 살림살이하다

야구를 하는 아들에게

타자는 열 번 중에 일곱 번이 아웃 되고
나머지 세 번 쳐도 최고의 맹타자(猛打者)다
못 치면 다음 수비 때 잘 막으면 된단다

투수가 모든 타자 잡아내기 어려워도
두, 세 점만 빼앗기면 명실상부 강투수(強投手)다
몇 번은 실수해야만 그 점수도 내준단다

진정한 야구팬은 잘 싸우라 응원하지
이기는 팀이어서 응원하는 건 아니다
아무리 지고 있어도 노력해주길 바랄 뿐

인생도 야구 같아 홈런만 칠 수는 없다
때리지 못했어도, 잘 던지지 못했어도
최선을 다할 뿐이니 그 이상도 아니다

숨바꼭질

술래만 홀로 놓고
모두 다 어디 갔나

그리움 걸어 놓고
어디 꼭꼭 숨어 있나

애들아, 가뭇없구나*
못 찾겠다, 꾀꼬리

* 보이던 것이 전혀 보이지 않아 찾을 곳이 감감하다

친구를 기다리며

대작하던 보름달이 잔 잠기며 다시 와도
곧 온다 떠난 놈은 어드메서 헤매이나
산천이 벙어리 아니면 물어라도 볼 텐데

돌아온 쇠기러기 둥지 틀어 잠을 자도
한겨울 몸뚱이는 의지할 곳 있으려나
휑하니 초가삼간만 먼빛으로 기다리네

미투리*

남편이 앓아누워 머리카락 자른다네
검은 머리 파 뿌리는 아직 남은 굳은 약속,
일어나 신을 미투리
한 올 한 올 삼는다오

약속도 저버리고 떠나가신 이 내 님아,
자내**가 그리워서 나 홀로 어찌 사나,
끝없이 서러운 뜻을
미투리로 보낸다오

---

* 안동의 400년 된 이응태 묘에서 '원이 엄마 편지'가
   머리카락으로 삼은 미투리와 함께 출토되었다
** 원이 엄마가 남편을 부르는 호칭.
   당시는 상대를 높이거나 대등한 입장의 호칭이었다

제5부

내일이 항상 오는 것은 아니다

'나'와의 타협

진정코 의지할 이 둘러봐도 나뿐이라
혼자서 걷더라도 다독이며 친해야지
끝까지 같이 할 사람 나밖에는 없으리

시간 속 갈 길 잃고 외로움에 허둥대도
못 찾은 제자리에 유일한 말벗이다
인생도 같이 보내며 나를 찾는 것이리

집착

큰 걱정 세상 부자 감당 못 할 천 짐이니
천 냥 시주 생각 말고 가난한 이 구제하라*
더 많이 갖고 있다고 행복한 건 아니다

급하게 오르는 길 결국 급히 내려오니
다다른 오름의 끝 추락의 시작일 뿐
내리는 가속 앞에서 무너진 꿈 헛되다

큰 그릇 키워 안고 채우려 안달하고
비우지 못할 그릇 비우려 허둥대니
남은 날 얼마이던가, 연연하는 집착일 뿐

시루의 물보다도 채워지지 않는 욕심*
마지막 가는 길에 버리고 가야 할걸
족함을 아는 그 마음 하나라도 이루길

* 우리 속담

호두

1. 속 찬 호두

구김살 우락부락 딱딱하게 굳은 인상
깊숙이 녹녹한 속 야무지게 숨긴 것이
터놓고 지내다 보니
호호야(好好爺)*는 바로 너다

* 인품이 아주 훌륭한 늙은이

2. 속 빈 호두

누르락 핏발 세워 얼키설키 꼬인 심보
애초에 유약하여 소갈머리 좁은 것은
아무리 좋게 봐줘도
빈탕치기 나로구나

가장(家長)의 자리

스치듯 지나버린 하루를 또 마치며
무너질 듯 지친 발길 초라하게 옮겨져도
골목에 막다르는 게 인생살이 아닌가

모든 게 끝날 듯이 막바지에 선 듯해도
또다시 가장자리 무심하게 돌고 돌아
여전히 길을 헤치며 나아가라 말하네

스쳐온 뭇사랑을 귀히 여겨 옆을 지켜
상처를 위로하는 깊은 마음 그대로니
아직은 살아온 삶이 의미 있다 말하리

말싸움하고 나서

철없던 지난 아집 나아짐도 하나 없어
부끄러운 똥고집만 변함없이 여전한 건
지난날 너무 헛되이 흘려보내 썼음이다

겨울비 추적추적 질퍽한 앞마당에
몰아친 한 바람이 휑하게 다가선 건
막아낼 대들보 하나도 들세우지 못함이다

드러낸 뿌리 밑천 허술한 갈대숲서
앙상한 빈 쭉정이 몇 개를 주워 담다
가벼이 꺾인 심성(心性)엔 독선으로 가득 찼다

날 한숨 크게 한번 또다시 들이키며
들끓는 분한 마음 다지는 때늦은 밤
그나마 남은 시간은 새봄으로 드리울까

공감대의 시작

길 잃고 두려움에 빠져 본 적 있는가
그런 이를 도와주려 노력한 적 있는가
그런 적 만일 있다면 길을 잃어 본 것이다

길 잃어 두려운 이 본 적이 있었는가
그런 이를 무서워해 본 적이 있었는가
길 잃어 보지 못한 이는 다른 이가 무섭다

다르게 경험하면 같은 일도 달리 보니
타인과 부딪쳐서 다양하게 대화하라
스스로 여물어가니 공감대의 시작이다

마음의 깊이(아들에게)

나무는 높은 것이 뿌리가 가장 깊다
우뚝이 서려 말고 깊이로 잠기거라*
세월이 풍성한 이는 깊은 속에 차분하다

두루 다 너른 나무 줄기가 가장 곧다
잔가지 펴려 말고 올곧게 뻗어나라
너르게 펴진 마음은 작은 욕심 꺾이다

* 법정스님의 말씀 '우뚝우뚝 서려말고 깊이깊이 잠기라'

118

지게 짐

버거운 짐 짊어져
갈 길이 멀었건만

그렇게 많던 길도
이젠 얼마 남지 않아

부린 짐
쓸 것도 없어
부질없는 뼈다귀뿐

바라보는 문제

양달진 산토끼는 응달 언덕 바라보고
응달진 산토끼는 양달 언덕 보고 살아
굶어서 양달 토끼 죽어도
응달 토낀 겨울난다*

마음도 계절 따라 수시로 뒤바뀌어
어디에 사느냐가 중요하지 않으리니
무엇을 바라보면서
살아가냐 문제다

* 우리나라 속담 '양달 토끼는 굶어 죽어도 응달 토끼는 겨울난다'

노부부

그윽한 눈빛으로
지그시 바라보면

괴이는 마음 하나
담담히 전해지고

살포시 기댄 어깨에
서릿가을 까치놀

숯덩어리

검댕이 숯검댕이 깜둥이라 놀리지만
어둠을 가로질러 속으로만 타올라서
새까만 숯등걸 가슴 빨간 줄은 모른다

돌개구멍

휩쓸린 소용돌이
가로 새지 못하고서

긴 세월 두고두고
바위츠렁 맴돌다가

옹달샘 또아리 트고
파도 맡긴 인생이여

허수아비

늘어진 옷을 입은
영락없는 허풍쟁이

허리 꼿꼿 으스대야
천생이 검불인 게

혼자서 황금 들판을
다 지킨 듯 허세다

곡선의 상실

칼날이 곧질 않아 남 찌를 일이 없다
에둘러 돌아가서 상처 줄 일도 없다
인간이 만든 거 말곤 직선인 건 없다

11시 05분

똑바로 가라 해도 둥그렇게 돌아가고
에둘러 가라 하면 쏜살같이 바로 간다
두 눈 먼 청개구리에게
두 손 두 발 다 들었다

꿈을 밟네

날리는 꽃비 속에
바람처럼 길을 잃어

달린 꽃 꺾겠다고
떨군 꽃을 마구 밟네

발바닥 꿈을 밟고서
허공 길만 쫓았네

초요경(楚腰輕) 이야기에서

운명의 수레바퀴 가는 허리(楚腰) 밀어닥쳐
험한 시절 서방 잃고 기녀(妓女)가 된 박복한 생
왕실 안 세 형제에게 순정(純情)마저 **빼앗겼네**

달려드는 부나방에 노리개로 부지(扶持)하다
중형 장(丈) 팔십 대에 궁궐에서 쫓겨나와
자형(自衡)에 균형을 깨고 안방마저 **빼앗았네**

피부가 옥과 같아 옥부향(玉膚香) 소문나고
이슬 먹은 꽃이 피어 함로화(含露花)라 일컬으며
탁문아(卓文兒) 글 잘 겼어도 노리개의 운명뿐

가인(佳人)을 꺾는 데는 귀천이 따로 없어
둥지만을 구했으나 꽃봉오리 기구하여
힘 밟힌 여인의 생(生)에 무슨 방도 있었으리

복(福)의 섬*

원자력 불빛 아래
친환경을 얘기한다

뒷처리도 못 하면서
깨끗한 연료란다

복도(福島)*를
돌아 나온 연어는
콧방귀도 못 뀐다

*후쿠시마

본연(本然)

얼마간(間) 남지 않은 덧깔린 어둠 아래
사는 게 무어라고 아직도 궁금할까
선잠을 깨어나 보니 꿈에서도 물었네

세월에 물어보니 나를 따라 흐른다네
돌에게 물어보니 침묵으로 맞다 하네
마초아* 푸른 별 뜨자 귀뚜라미 울어라

* 때마침

시간의 주인공

드리운 시간 위에
글을 쓰니 인생이네

지우개로 지울 수도
고칠 수도 없는 세월

오롯이 나만의 길에
주인공도 나였네

젊고 푸른 숲을 만나다

원 용 우

시조시인, 문학박사

시조는 우리 민족의 사상과 감정을 담는데 가장 알맞은 그릇이다. 시조라는 장르는 이 땅에 출현한 지 7백여 년이 넘는다고 한다. 그처럼 장구한 세월을 지나면서 없어지지 않고 계승·발전해온 것은 시조의 정형과 율격이 우리의 호흡에 잘 맞기 때문이다. 속되게 말하면 궁합이 잘 맞기 때문이다. 부부가 궁합이 잘 맞으면 백년해로하지만, 궁합이 안 맞으면 이혼하게 되는 경우와 같다. 이처럼 궁합이 잘 맞으니 시조가 문학사에서 사라질 일은 없을 것이다. 대한민국이 존재하는 한 시조도 존재할 것이라 보아야 한다. 이처럼 귀중한 문화유산을 우리가 아끼고 사랑해야 할 것이다. 우리가 우리 국어를 사랑해야 하듯이 우리 시조를 사랑해야 할 것이다.

유성철시인은 시조가 귀한 존재라는 것을 일찍이 깨닫고, 제1 시조집『사랑, 그 영원의 순간이여』를 발간한 바 있다. 그런데 이번에 제2 시조집『다하지 않는 여유』를 상재하기 위하여 열과 성을 다하고 있다. 그가 2020년에「시조사랑」(현재 '계간시조')으로 등단의 절차를 마쳤으니, 연조로 보면 신인에 해당한다. 자동차에 비유하면 초보운전자이다. 초보운전자는 아무래도 서툴고 부족한 면이 있어 유성철시인도 작품창작 면에서 서툴 것이라 예단했는데, 막상 작품모음집을 살펴보니 기성작가에 뒤지지 않는 기량을 보여주었다. 허점이나 단점이 많으리라 생각했는데, 너무 완성품에 가까우니 한편으로 안심이 되었다. 시어의 특성에는 참신성, 함축성, 애매성, 상징성 등이 있는데, 이런 특성을 골고루 갖추고 있었다. 그렇더라도 조언해달라고 부탁하였으니, 열심히 읽고 파악해서 미력이나마 보탬이 되도록 노력하고자 한다.

1. 제2의 고향 원주

> 야생의 봄꽃 보러 치악산 올라가니
> 구룡사 솔빛 산속 새 돌담이 생소하고
> 산길은 잔설만 깔려 봄 재촉을 샘낸다
>
> 나무숲 갈라치며 호기로 나아가나
> 궂은 비 오락가락 하산을 재촉해서
> 기대 속 봄꽃 산행은 늦겨울만 주워 왔네
>
> 「치악산의 봄꽃산행, 전문」

치악산은 원주시와 횡성군 사이 차령산맥에 있는 높이 1,282m의 산이다. 그 유래는 뱀에게 잡힌 꿩을 구해준 나그네가 그 꿩의 보은으로 목숨을 건졌다는 전설과 관련되어 붙여진 이름이다. 주봉인 비로봉을 비롯하여 향로봉, 남대봉 등의 높은 산이 남북으로 뻗어 있다.

이 작품의 제목은 〈치악산의 봄꽃산행〉이다. 제1수를 보면 실제로 봄꽃산행을 하기 위하여 치악산에 올라갔는데, 새로 쌓은 구룡사 돌담이 생소하고 산길에는 잔설만 깔려 있었다는 것이다. 제2수에서는 나무숲을 갈라치면서 올라갔는데, 굳은비가 내려 하산을 재촉했다는 내용이다. 종장에서는 '기대 속 봄꽃산행은 늦겨울만 주워 왔다'고 했는데, '늦겨울만 주워 왔다'는 시적 표현이다. 그러나 현실에서는 불가능한 일이다. 마치 산에서 도토리나 알밤을 주워 오듯이 겨울을 주워 왔다고 했는데 아주 재미있는 표현이다. 시의 맛을 내고, 시적 효과를 나타내는 기법이다.

> 고절한 선비 위해 한 번 한 거짓말로
> 노파는 노구소에 몸을 풍덩 던졌는데
> 거짓말 입 달고 사는 백로 언제 까매질까
>
> 「노구소길에서, 전문」

이 작품의 제목은 〈노구소 길에서〉이다. 노구소는 치악산 계곡에서 흐르는 물이 연못처럼 고여 있는 곳이다. 이 노구소 전설은 조선 초기 태종 때로 거슬러 올라간다. 태종은 왕위에 오르기 전에 운곡 선생에게서 글을 배운 바 있다. 운곡과 태종은 사제지간이다. 태종이 왕위에 오른 다음에는 여러 차례 운곡을 불러 벼슬을 주려고 했으나 운곡은 끝까지 응하지 않았다. 한번은 태종이 원주 치악산까지 찾아왔으나 운곡은 만나주지 않았다. 태종이 찾아온다는 것을 미리 알고, 운곡은 강변에서 노구(老嫗)가 빨래하고 있는 것을 보고 부탁하기를, '이 뒤에 사람이 찾아오거든 나는 변암 쪽으로 가겠으나, 그대는 바른쪽의 치악산 중으로 가더라고 말해달라.'는 부탁을 하였다. 잠시 후 임금의 행렬이 나타남에 노구는 놀라면서 운곡에 대한 신의를 지켜 그대로 말했으니, 결국 왕에 대하여는 거짓말을 한 결과가 되었다. 이에 노구는 황공스럽게 생각하여 죄스러워하며 깊은 강물에 투신하여 죽었다. 그래서 노구가 물에 빠져 죽은 곳에 '노구소'란 이름이 붙여진 것이다.

위에 인용한 작품의 초장과 중장은 이러한 전설을 축약하여 시적으로 표현한 것이다. 상기 작품의 종장은 이와는 달리 고시조 한편을 축약해서 작가의 의도를 반영하였다. '가마귀 검다 하고 백로야 웃지 마라/ 것희 검은들 속조차 검을소냐/ 것 희고 속 검은 이는 너 뿐인가 하노라' 여기서 백로는 위선자 또는 거짓말하는 존재, 까마귀는 정직한 사람, 반듯한 인간을 대변해 준다. 백로가 언제 까마귀처럼 까맣게 되겠느냐고 했다. 요즘 우리 주위에는 거짓말하는 위선자가 많은데, 이처럼 부정직하고 부도덕한 무리들에게 깨달음을 주려는 의도를 담은 것이다.

얼마나 많은 탈을 바꿔 쓰고 살았는지
탈 뒤에 몰래 숨어 비겁하지 않았는지
거북해 맞지 않는 탈을 알면서도 오래 썼다.

실제로 벗어 보려 애라도 써본 걸까
왜 그리 일찍 벗어 던져내지 못했을까
당당히 발가벗고 산 겨울나무 부럽구나

「치악산 겨울나무 앞에서, 전문」

이 작품의 제목은 〈치악산 겨울나무 앞에서〉이다. 우리가 시를 쓸 때 그 대상물은 자연과 인간이다. 자연에 관하여 쓰거나 인간에 대해서 쓰거나 둘 중의 하나이다. '자연관'이란 말도 있고, '자연미'라는 말도 있다. 우리 선인들은 자연을 소재로 했거나 자연의 아름다움을 노래했거나, 자연을 통하여 어떤 교훈적 의미를 찾아내려고 했다. 상기 인용 작품은 겨울나무를 통해서 무슨 교훈적 의미를 찾아내려고 한 것 같다.

상기 작품을 보면 나무나 인간이나 모두 탈을 쓰고서 살아간다는 것이다. 제1수에서는 그 쓰고 있는 탈을 바꿔서 쓴다는 것이고, 탈 뒤에 숨어서 비겁하게 산다는 것이고, 자기 얼굴에 맞지 않는 탈을 알면서도 오랜 기간 쓰고 있다는 것이다. 제2수에서는 그 탈을 벗으려고 노력도 안 했다는 것이고, 왜 일찍 벗어 던지지 못했는지 후회가 된다는 것이다. 그래서 '당당히 발가벗고 산 겨울나무가 부럽다.'라고 하였다. 이 말이 자아가 진정으로 하고 싶었던 이야기다. 위선의 탈을 벗어 던지고 당당하게 살아가고 싶다는 것이다. 윤동주는 '죽는 날까지 하늘을 우러러 한 점 부끄럼이 없기를 잎새에 이는 바람에도 나는 괴로워했다.'라고 했는데, 시적 자아도 그러한 양심적인 지성인이 되고 싶다는 뜻을 밝힌 것이다.

2. 사랑 예찬

기쁠 때나 슬플 때나
같은 곳을 바라본다

비가 오나 눈이 오나
같은 길을 걸어간다

속 깊이 들어앉아서
나보다 더 나를 안다.

「사랑의 조건, 전문」

이 작품의 제목은 〈사랑의 조건〉이다. 사랑은 사람들이 가장 좋아하는 단어이다. 이 단어는 실물이 보이지 않기 때문에 추상명사에 해당한다. 사랑에도 종류가 많다. 남녀 간의 애정이 있고, 부부간의 사랑이 있다. 인류를 사랑하는 인류애도 있다. 상기 작품의 내용에는 사랑이란 단어가 나오지 않는다. 사랑이란 단어를 쓰지 않으면서 사랑이 무엇인가를 보여주려니, 보통 어려운 문제가 아니다. 필자가 보기에 상기 작품은 부부애를 노래한 걸로 보인다.

기쁠 때나 슬플 때나 같은 곳을 바라보아야 한다는 것이다. 부부는 일심동체(一心同體)란 말이 생각난다. 그렇지 않으면 같은 곳을 바라볼 수 없다. 서로 딴 곳을 바라보면 사사건건 부딪치게 된다. 비가 오나 눈이 오나, 같은 길을 걸어가야 한다는 것이다. 서로 딴 길을 가게 되면 부부로 함께 살기는 어렵다. 둘이는 같은 운명을 타고난 것이다. 같은 배를 타고 헤쳐 나가야 하는 것이다.

종장의 '속 깊이 들어앉아서 나보다 더 나를 안다'라는 내용은 이 작품의 대미(大尾)를 장식한다. 부부 외는 이런 말을 쓸 수 없다. 참신하고 함축적인 표현이다. 어떤 면에서는 철학성도 내포되었다. 그런 점에서 독자들의 공감(共感)을 받을 수 있으리라.

뜨겁게 타는 가슴 전할 길 찾지 못해
온밤을 지새우며 마음만 왔다 갔다
새벽에 흩어져 버린
부질없는 첫 이슬

「첫사랑, 전문」

이 작품의 제목은 〈첫사랑〉이다. 첫사랑, 얼마나 좋은 말인가? 그러나 첫사랑이 결혼으로 이어지는 성공률이 높지 않다고 한다. 첫사랑 외에 짝사랑이란 말도 있다. 짝사랑이야말로 혼자 좋아서 애태우다 마는 열병 같은 것이다.

상기 작품은 첫사랑을 형상화한 것이다. 초장 전구의 '뜨겁게 타는 가슴'은 불타는 사랑을 의미한다. 그런데 후구에서는 전할 길을 찾지 못했다고 하였다. 상대방에게 그 뜻을 전할 방법을 찾지 못해 막막하다는 것이다. 중장 전구에서는 '온밤을 지새운다'고 했는데, 사랑이 잘 진행되지 않음을 의미한다. 잘 진행된다면 밤을 지새우며 사랑병을 앓고 있지는 않을 것이다. 후구에서는 '마음만 왔다 갔다' 한다고 했는데, 그 관계가 농익은 사랑이 아니고 설익은 사랑이란 것이다. 설익었다면 실패할 확률이 높다.

종장 전구에서는 '새벽에 흩어져 버린'이라 했는데, 흩어져 버렸으면 이미 깨진 것이다. 합치가 안 되었다는 뜻이다. 부질없는 첫 이슬에 해당한다는 것이다. 첫사랑을 부질없는 첫 이슬에 비유한 것은 허무하다는 뜻인데 그 착상이 뛰어나다. 남들이 흉내 내기 어려운 기법이다. 그런 점에서 이 작품은 성공작이라 평가된다.

3. 시적 상상력

가을 산
바람나서
발그레 얼굴 붉다

물오른 처녀 산통에
초목이 옷을 벗자

산안개
펼쳐 두르며
황급하게 가린다.

「산안개, 전문」

이 작품의 제목은 〈산안개〉이다. 제목이 산안개이지만 중심 소재는 가을산이다. 계절적 배경은 가을이고, 공간적 배경은 가을산이다. 초장에서는 '가을 산/ 바람나서/ 발그레 얼굴 붉다'라고 했는데, 그 가을 산을 여성에 비유한 것이다. '발그레 얼굴 붉다'는 그 이미지가 여성이래야 맞는 이야기이지 남성과는 거리가 멀다. 가을산의 붉게 물든 단풍을 의인화해서 '얼굴 붉다'라고 표현한 것이다.

중장에서는 '물오른 처녀 산통에/ 초목이 옷을 벗자'라고 했다. 초장에서는 '바람 나서'라고 했는데, 중장에서는 처녀의 산통이란 말까지 나왔다. 처녀가 임신해서 아이까지 낳게 되었다는 것이다. '초목이 옷을 벗자'라고 했는데, 실제로는 '물오른 처녀'가 옷을 벗는 것이다. 산에 낙엽 지는 모습을 이렇게 표현한 것이다.

종장에서는 '산안개 펼쳐 두르며/ 황급하게 가린다.'라고 하였다. 치마나 이불 같은 것으로 몸을 가리듯이 산안개를 펼쳐 두르고 있다는 것이다. 이처럼 시상을 전개했는데, 작가의 상상력이 기발하고 뛰어나다. 보통 사람은 상상할 수 없는 경지를 시인은 그려내고 있다. 상상력은 일반인에게는 거짓말 같은 이야기다. 거짓말이면서도 참말 이상의 참말 같아야 한다. 이런 것을 소설에서는 허구라고 한다. 상상력은 시조를 시조답게 만들어주는 필수 요소이다.

깨벗은 알몸으로 한세상 구르다가
떨궈진 흙속으로 발가벗고 돌아가니
사라진 생명 오라기
연(緣)을 떨군 자유다

「매듭 풀린 자유, 전문」

이 작품의 제목은 〈매듭 풀린 자유〉이다. 매듭이 풀렸으면 그 상태가 느슨해지거나 제멋대로 방치되게 마련이다. 이러한 제목으로 시조를 짓는다는 것은 거의 불가능에 가깝다. 그런데 시인은 인간의 삶의 문제에 대입해서 문제를 풀어나가고 있다.

초장에서는 '깨벗은 알몸으로 한세상 구르다가'라고 했는데, 인간의 생애를 고차원적으로 축약시켜 표현했다. 우리가 이 세상에 올 때는 가진 것 없이 알몸으로 왔기에 '공수래 공수거(空手來 空手去)'란 말이 생겨난 것이다. 그런데 후구(後句)에서는 '한세상 구르다가'라고 표현하였다. 우리의 삶을 물 흐르듯이 흘러간다고 표현할 수도 있지만, 수레바퀴가 굴러가듯이 굴러간다고 볼 수도 있다. 시간의 흐름을 보면 한 시간 단위, 하루 단위, 한 달 단위, 1년 단위로 굴러간다. 원점에서 출발했는데, 결국은 원점으로 되돌아 와 다시 시작하게 된다. 마치 바퀴가 달린 것처럼 굴러 종점이 다시 원점이 되는 일을 반복하는 것이다.

중장에서는 '떨궈진 흙으로 발가벗고 돌아간다.'고 하였다. '흙속으로 발가벗고 돌아가니'라는 말은 무덤으로 들어간다는 이야기다. 인간은 흙에서 나서 흙으로 돌아가게 되어 있다. 아무것도 가져갈 수 없으니, 발가벗고 돌아간다는 말이 맞는 것이다.

종장 전구에서는 '사라진 생명의 오라기'라고 하였다. 이 말은 죽었다는 의미이다. 모든 것이 끝난 상태이다. 이리저리 얽히고설킨 인연의 오라기가 끊겼다는 뜻이다. 이런 상태를 연을 떨군 자유라고 표현하였다. 참자유를 찾았다는 것이다. 불교 용어로는 열반이나 해탈이 되었다는 것이다. 완전 자유를 얻은 것이다.

4. 인생 담론

진정코 의지할 이 둘러봐도 나뿐이라
혼자서 걷더라도 다독이며 친해야지
끝까지 같이 할 사람 나밖에는 없으리.

시간 속 갈길 잃고 외로움에 허둥대도
못 찾은 제자리에 유일한 말벗이다
평생을 같이 보내며 나를 찾는 것이리.

「'나'와의 타협. 전문」

문학은 인생학이다. 인생을 배우고 공부하는 학문이다. 우리나라 대학에 전공과목이 부지기수이지만, 인생 문제를 제대로 배우고 논하는 학과는 국문학과라고 생각한다. 이처럼 인생 문제를 논하는 것은 지혜로운 사람을 만들기 위해서다. 우리 인간에게는 '나'자신이 있고, 나 이외에 타인들이 존재한다. 우리는 조선시대의 선비정신을 들먹일 때가 많이 있다. 그 선비정신을 계승하기에 적합한 학과도 국문학과라고 생각한다. 그 이외에 철학과나 국민윤리학과도 선비정신을 논하는 데 도움이 된다고 생각한다.

상기 작품의 제목은 〈나와의 타협〉이다. 우리가 살아가면서 남들과 타협할 때는 많지만, 어떤 때는 자신과도 타협하면서 살아가야 한다. 사람 중에는 남의 탓을 하면서 살아가는 인간이 많이 있다. 잘되면 자기가 잘해서 잘된 것이고, 못되면 조상 탓하는 경우가 있다. 그러나 그것은 잘못이다. 잘되는 것도 내 탓이고 못 되는 것도 내 탓이다. 우리가 부자가 되어 사는 것도 내 탓이고, 가난뱅이로 사는 것도 내 탓이다. 높은 지위에 오르는 것도 내 탓이고, 밑바닥 생활을 하는 것도 내 탓이다. 모든 것은 내 탓이기에 '나', 즉 자신과도 타협해야 할 때가 있는 것이다.

제1수 초장에서는 '진정코 의지할 이 둘러봐도 나뿐이라'고 하였다. 여기 앞부분의 '진정코'라는 부사를 통해 의심할 여지가 없다는 뜻을 나타냈다. 부모, 형제, 자녀, 친구에게 의지할 수도 있지만, 결국은 나 혼자 남게 된다는 이야기다. 그래서 혼자 걷더라도 다독이며 친해져야 한다는 것이다. 그래서 끝까지 같이 갈 사람은 나밖에 없다는 결론을 내렸다.

제2수 초장에서는 '시간 속 갈 길 잃고 외로움에 허둥대도'라 했는데, 갈 길을 잃었으면 안개나 어둠 속에서 헤매게 되고 외로움에 처하게 된다. 그럴 때도 유일한 말벗은 '나'밖에 없는 것이다. 그래서 평생을 같이 보낼 자는 '나'밖에 없다는 것이다. 모두가 명언이다. 그러나 인생 문제는 답이 여러 개 나올 수 있다는 점도 유의해야 한다.

이제까지 유성철 시인의 작품세계를 여러 각도로 조명했는데, 우선 그의 시조가 젊고 싱싱하다는 느낌을 받는다. 문장의 흐름이 힘 있고 거침이 없어 시원하다. 신인이면서도 그 경지를 벗어난 기량을 보여준다. 그리고 겉뜻만 있는 것이 아니라 속뜻이 깊어 읽을 맛을 더해준다.

① 원주의 자연이나 유적지를 작품화한 향토시인이다.
② 체험보다는 상상력의 비중이 높다.
③ 남들이 흉내 내기 힘든 기법을 구사한다.
④ 소재나 주제가 다양해서 읽을 맛이 난다.
⑤ 시조에 대한 열정이 있다.
⑥ 정형과 율격에 맞는다.

이외도 많은 장점이 있으나, 이만 중지하고자 한다. 김천택의 시조에 '부디 그치지 말고 촌음을 아껴 쓰라'라는 구절이 나오는데, 부지런히 갈고 닦아서 훌륭한 시인이 되어 주시기 바란다. 시조의 발전에 이바지하리라 믿어 의심치 않는다. (2022. 4. 3.)

다하지 않는 여유

유 성 철 시조집

1판 1쇄 발행 | 2022년 4월 30일

펴낸이 | 고봉석
편집자 | 윤희경
디자인 | 이진이
펴낸곳 | 이서원

주소 | 경기도 성남시 분당구 중앙공원로17. 311-705
전화 | 02-3444-9522
팩스 | 02-6499-1025
전자우편 | books2030@navercom
출판등록 | 2006년 6월 2일 제22-2935호
ISBN | 979-11-89174-36-1